L'ENFANT TROUVÉ.

L'ENFANT TROUVÉ,

OU

PIÈCES FUGITIVES

TROUVÉES

SOUS LES RUINES D'UN CHATEAU DANS
LES MONTAGNES.

Qui lira, rira.

A LYON,

Chez Fr. GUYOT, Libraire, rue Mercière,
N.º 39.

1825.

AVIS AU LECTEUR.

Il y a partout des originaux : l'Auteur de ces Pièces ne manque pas de cette qualité. Où est-il ? Que fait-il ? Quel est son âge, sa vie, son costume ? Si je le savois, vous êtes sûr que je vous le dirois. Sa connoissance n'est pas à mépriser. Il est caché, peut-être mort, au moins au monde ; dans tous les cas, ces deux Pièces étoient accompagnées d'un millier d'autres ; leur originalité et leur morale m'engagent à vous les présenter : si elles peuvent vous récréer un instant, je ne laisserai pas les autres dans l'obscurité. Le tout a été recueilli, et ce qu'il y a de plus surprenant, par je ne sais qui. On me les a envoyées. Je me mettrai encore en quatre pour découvrir l'Auteur ; si je le trouve, je vous le dirai.

Je termine cet Avis par ces paroles : *Qui lira, rira.*

LA BICHOMANIE,

OU

L'HISTOIRE D'UN BICHON;

POÈME COMIQUE.

Principiis obsta , serò medicina paratur.

CHANT I.

Muse, viens m'inspirer. Faut-il pleurer, ou rire ?
Et dis-moi sur quel ton je dois monter ma lyre.
Je dois parler d'un chien, désigné par Buffon
Et par plusieurs auteurs , sous le nom de Bichon.
Auguste vérité , rappelle à ma mémoire
De ce petit vaurien la scandaleuse histoire.
Sexe aimable et léger , la paix , point de courroux.
Si je vais plaisanter quelqu'une d'entre vous ,
Veuillez rire avec moi de cette bagatelle :
Vous le voyez, le jeu ne vaut pas la chandelle.

Sur les bords de la Loire et bien près d'Orléans ,
Est un vaste château, bâti depuis cent ans :
Placé sur un rocher qui domine la plaine ,
Il fut bientôt saisi par la troupe autrichienne ,
Dans ce temps où naguère , et d'un commun accord,
Dans notre France on vit les puissances du Nord ,
O miracle étonnant et d'heureuse mémoire !
Promener leurs drapeaux sur les bords de la Loire.
Un major Allemand saisit ce château fort ;
On est fort bien reçu quand on est le plus fort.

Bien que par fois il eût les formes allemandes,
On le vit très-souvent modérer ses demandes :
Chocolat le matin , de bons vins à dîner ;
Poulets et bons pigeons ; ou perdrix à souper ;
Le bon major content trouvoit là son affaire :
(On force un peu ses droits sur la terre étrangère.)
Enfin tout alloit bien , et le gros Allemand,
Qnoique souvent ivrogne et même assez gourmand ,
Compte bien arrété , se trouvoit un bon diable,
Quoiqu'en pays conquis , étoit pourtant traitable.
Mais Bichon , par malheur, gâta tout le brouet ;
Et si , sur le moment, il eut reçu le fouet,
Que de maux évités ! Avec raison le sage
Dit qu'il faut corriger les enfans en bas âge.
O vous , qui rafolez pour vos petits bichons !
Que tous ces accidens vous servent de leçons.
Veillez , veillez sur eux ; ce sont de petits drôles
Qui savent avec vous fort bien jouer leurs rôles.
Trop de soin gâte tout , et comme vos enfans ,
A coup sûr ils feront de fort maussades gens ,
Si vous les laissez vivre en si bonne cuisine ,
Et ne faites par fois agir la discipline.
　　Mais , avant de parler du fâcheux incident
Qui fit appréhender un terrible accident ,
Esquissons le portrait de la sotte marquise.
Un port majestueux , teint couleur de cerise ;
L'œil vif , étincelant , un peu dur quelquefois ;
Assez joli menton , s'il n'en formoit pas trois ;
Surtout superbes dents , joue assez bien moulée ;
Deux bras bien arrondis ; la main bien potelée ;
Une taille très-svelte , et le pied tout mignon ;
Un beau nez aquilin , cependant un peu long.

Jugez après cela des airs de la marquise.
Elle portoit le nom de la belle Louise.
Mais on l'avoit gâtée en ses plus tendres ans ;
Toujours trop de foiblesse est nuisible aux enfans.
Bonne éducation est chose la plus rare ,
Et l'amour paternel est souvent trop avare
D'un certain châtiment que l'on met de côté ,
Mais dans nos bons vieux temps trop souvent répété.

La marquise étoit fière, et même impertinente ;
Elle fut élevée auprès d'une grand'tante ;
Son époux avec elle eut beaucoup à souffrir ,
Et d'un tel hyménée eut à se repentir.
Que d'hymens malheureux par la dot qu'on exige !
On le sent , et jamais l'exemple ne corrige.
Jugez par ce portrait de ce qu'étoit Bichon.
De ceux que l'on fréquente on prend bientôt le ton.
Dès ses plus tendres ans gâté par sa maîtresse ,
On ne trouvoit dans lui ni ton ni politesse ;
Il étoit paresseux , libertin et gourmand ;
Vindicatif, colère , et surtout insolent.
Voulez-vous son portrait ? Voyez cette jeunesse ,
Elevée en ce siècle et suivant la sagesse
De ces docteurs du jour , adeptes d'Arouet :
Qu'ils eussent mieux valu , si quelquefois le fouet
Les avoit rappelés aux mœurs de nos bons pères !
C'est regretter en vain des temps aussi prospères.

Revenons au major. Notre bon Allemand ,
Comme un franc militaire agissoit noblement ;
Vivoit dans la maison , à ce que dit l'histoire ,
Sans trop se prévaloir des droits de la victoire.
Surtout à la marquise il faisoit bon accueil ,
Et même il la lorgnoit, dit-on , d'un très-bon œil.

Que fait monsieur Bichon ? Si le bon homme dîne,
Sans respect pour son rang, on le voit qui badine,
Tantôt en lui tirant le pan de son habit ;
Jappe quand le major ou chante, ou baille, ou rit,
Et ronge en murmurant les glands de sa bottine.
On traite tous ses jeux d'une humeur enfantine.
S'approche-t-il du feu, pour un peu se chauffer,
Soudain le petit drôle ose encor se placer
Devant lui, comme un être et de grande importance,
Et sans faire, en passant, la moindre révérence.
Le bon major le souffre, et sans dire un seul mot ;
Trop de ménagemens enhardissent un sot,
Bichon lève la queue, et chauffe son derrière ;
L'on a besoin alors d'ouvrir sa tabatière.
Qu'avoit fait l'insolent ? Cela se sent fort bien.
Notre marquise en rit ; c'est du petit vaurien,
Encor un de ces tours qu'on nomme gentillesse.
L'odorat du major étoit d'une finesse
A ne pas être pris au change de l'odeur ;
Et l'on veut lui prouver que jamais parfumeur
Ne fit parfum si doux ; que l'essence de rose
Flatte moins que celui dont ce Bichon dispose.
Tantôt on le voyoit s'étendre insolemment
Au travers du foyer, et ronfler en dormant.
Notre bon Allemand prend toujours patience ;
Il ne passera pas cette autre impertinence :
La patience s'use, et le major fit bien ;
Par de bons procédés on n'obtient jamais rien
D'un jeune homme étourdi, gâté dans son jeune âge,
Et surtout s'il se croit un grave personnage.

Par hasard le major au feu tournoit le dos,
(Les Allemands, dit-on, sont presque tous lourdauds);

De Bichon qui sommeille il marche sur la patte.
On dit avec bon sens : Nous perd qui trop nous flatte.
Bichon fait de ses cris retentir la maison.
La marquise se fâche. Avoit-elle raison ?
Tout est en mouvement pour la petite bête ;
La marquise à son tour en prend mal à la tête.
    Notre bon Allemand en est au désespoir.
.Un officier français certes eut fait valoir
Bien autrement ses droits sur la place conquise,
Traité différemment madame la marquise,
Qui boude et qui se plaint. C'est Junon en courroux,
Qui veut que le major se jette à ses genoux,
Sur le triste accident s'humilie et s'excuse :
Mais souvent sur son sexe une femme s'abuse.
Le bon major en rit, j'en aurois fait autant,
Car l'affaire finie, en loyal Allemand,
Il s'approche du feu qui faisoit grande flamme,
Se chauffe, et de sang froid laisse bouder madame.
    Mais l'ulcéré Bichon s'avance à pas de loup,
Se glisse en tapinois pour mieux porter son coup,
Lève soudain la cuisse et pisse sur sa botte :
Bichon deux doigts plus haut pissoit sur sa culotte ,
Meuble bien précieux , qu'il a depuis deux ans,
Qu'avoit légué son oncle à deux de ses enfans,
Et qui, quoique porté presqu'autant par son père ,
Avoit fait un jupon deux ans à sa grand'mère.
La colère d'Ajax et son affreux serment
N'ont jamais égalé ceux du bon Allemand.
« J'en jure par ma barbe, et j'en aurai vengeance.
» Etre ainsi bafoué par un barbet de France !
» Dit-il ; soyez témoins, astres qui m'éclairez,
» Oui, glaive redoutable, oui, vous me vengerez.

» Quoi ! laisser impunie une pareille offense !
» Par cent diables plutôt j'avalerois la France... ! »
    Il faut en convenir, bien grand est le forfait ;
Bichon avoit senti le mal qu'il avoit fait.
Il courut se cacher près de notre marquise ;
Il se glissa, dit-on, jusque sous sa chemise.
Le major irrité se lève avec transport,
Dans son emportement le condamne à la mort.
Pour un simple propos on se coupe la gorge ;
Quelquefois pour un rien tout un peuple s'égorge ;
Pour sa Laïs un roi brûla Persépolis ;
On vous fait égorger pour une fleur-de-lys ;
Pour un Vive le Roi souvent on vous fait pendre ;
L'on réduisit encor château, village en cendre ;
Jamais on ne dit mot : et pour un mauvais chien
On jette les hauts cris contre notre Autrichien.
Le marquis effrayé vole vers la marquise ;
Bichon montroit son nez par dessous la chemise.
« C'en est fait, lui dit-il, nous sommes tous perdus,
» Si vous ne faites preuve ici de vos vertus ;
» Ah ! madame, aux grands maux il faut un grand
        remède ;
» Le salut du pays près de vous intercède.
» Devenons aussi grands qu'un Grec ou qu'un Ro-
        main. »
Le marquis, pour le prendre, avance un peu la main.
« Faisons ce sacrifice à la chose publique,
» Et nous la préservons d'une scène tragique. »
» Allez, vous n'êtes plus digne du nom français.
» Livrer un malheureux, dit-elle, et j'oserois... !
» Non, monsieur le marquis, par cette complaisance,
» Je ne trahirai point l'honneur de notre France.

» O quelle lâcheté ! Tous vos efforts sont vains ,
» Et veuillez arrêter vos sacriléges mains.
» L'endroit, l'endroit, monsieur, où mon Bichon
      se niche ,
» Devient un lieu sacré pour vous et pour l'Autriche. »
   Il le fallut. L'époux à sa femme céda ,
Et je ne sais comment le tout s'accommoda.
Notre bon Allemand étoit un homme sage.
Pour l'exemple il rendit tous les chiens du village
Responsables du fait. On parut le blâmer ;
Le lendemain matin il les fit assommer.
Hélas ! quand on ne peut atteindre le coupable ,
On rend l'homme innocent quelquefois responsable ;
L'exemple en fut donné par l'empereur français :
Les bons payent souvent les fautes des mauvais.

CHANT II.

RAREMENT les malheurs rendent l'homme plus sage.
La tempête passée , on se rit de l'orage.
Bonaparte vaincu dans les champs de Moscou ,
Sur les bords de la Seine en devient-il moins fou ?
Le temps sur nos malheurs a-t-il passé l'éponge ,
Dans un lointain bien foible on les voit comme un
      songe.
   Le village croyoit qu'une telle leçon
Auroit rendu meilleurs Louise et son Bichon.
Mais, ô malheur des temps ! Bichon restera drôle.
La marquise pour lui sera toujours plus folle.
Même éducation ; tout va de mal en pis.
Tout le monde plaignoit le malheureux marquis.

Avant de contracter de pareils hymenées,
Il faudroit y penser bien plus de cent années.
  Bichon resta caché jusques à ce moment
Que le major s'en fut joindre son régiment.
La marquise parut, et fit long-temps la mine,
Et sa mauvaise humeur tomba sur la cuisine.
Dans le vin de Bourgogne on mit par fois de l'eau,
Et sans bardes de lard on mangea le perdreau.
L'Autrichien le connut, par fois fit la grimace ;
Bientôt il se plaignit, finit par la menace.
Qu'en va-t-il arriver ? Le pays est conquis.
L'homme le plus à plaindre étoit le bon marquis.
Dieu veille sur les siens. Heureuse Providence !
Louis remonte alors sur le trône de France.
Le major Allemand est soudain rappelé ;
L'on fut de son départ bien vîte consolé.
L'impertinent Bichon sortit de sa retraite,
Et leva gravement et la queue et la tête.
La leçon étoit bonne, auroit dû le changer ;
Le hameau croyoit bien le voir se corriger.
L'expérience apprend qu'un enfant qu'on néglige,
Qu'un sot mal élevé jamais ne se corrige.
Bichon est le fléau des gens de la maison.
Se plaint-on de ses vols ? il a toujours raison.
On a beau l'accuser, la marquise l'excuse ;
Toujours sur ses défauts sa maîtress s'abuse.
Un jour, pour célébrer sa fête, le marquis
Donne à tous ses voisins repas le plus exquis.
Duverset, de l'endroit bien respectable maire,
Plus deux nobles du lieu, le juge et le notaire,
Leurs épouses encore, et quatre gros bourgeois,
Sachant boire et manger, un seul au moins pour trois,

Vont dîner au château pour célébrer la fête ,
Manger à pleine bouche et boire à pleine tête.
Le fameux Licheplat, traiteur de Montargis ,
Et tel qu'il n'en fut point de Marseille à Paris ,
Travailloit au château quatre jours par avance ,
Pour donner un repas qui fit bruit dans la France.
Bien que le bon marquis passe pour un vilain ,
On le vit prodiguer sa volaille et son vin.
Venez à mon secours , Dieu de la bonne chère !
Que j'ai besoin de vous pour me tirer d'affaire!
Car , sans votre secours , pourrai-je raconter
Tous les mets que j'ai vus et qu'on me fit goûter?
Mais enfin racontons. Un excellent potage
D'un vermicel bien cuit et couvert de fromage ,
Trempe modestement dans un bouillon doré ,
Renfermé dans un vase élégamment paré.
Vingt hors-d'œuvre placés sur les bords de la table ,
Font de ce grand dîner l'annonce véritable.
On voit à côté d'eux six excellens ragoûts ,
Gros canards aux navets et pigeonneaux aux choux ,
Deux gros chapons du Mans entourés de saucisses;
Tous étoient apprêtés au coulis d'écrevisses.
Le triomphe surtout de fameux Licheplat ,
Se trouvoit , m'a-t-on dit , dans un excellent plat ,
Nommé par le traiteur du nom de Galantine.
On voyoit vis-à-vis caille à la crapaudine ;
Un pâté contenant dans ses murs élevés
De quoi bien réveiller appetits dépravés.
Il se trouvoit farci d'un grand nombre de foies
De poulets , de pigeons , ou de canards , ou d'oies.
Cailles grasses au lard , perdrix du Vivarais ,
Gelinote , ortolans , dindons du Lyonnais ,

Composoient entr'eux cinq tout le rôt des services.
Des ruisseaux d'alentour énormes écrevisses,
Quelques poissons de mer , lavarets du Bugey,
Grand brochet de la Bresse , anguille du Loiret,
Gros saumon de l'Allier , bon carpot de la Saône ,
Lotte de la Garonne et truites du Rhône ,
Achevoient d'entourer ce superbe plateau ,
Que depuis quarante ans l'on conserve au château.
On servit le dîner. Madame n'est pas prête ,
Il lui faut un quart-d'heure encor pour sa toilette :
Le quart-d'heure passé , madame ne vient pas.
(Chez les grands de ce rang quand on donne un repas ,
C'est du bon ton, je crois , de se laisser attendre.)
Mais, accident fâcheux! que vais-je vous apprendre ?
Le mauvais petit chien , joliment ajusté ,
(Car on flattoit en tout encor sa vanité),
Et portant à son col collier couleur de rose ,
Profite du moment où chacun se repose,
Il monte sur la table et touche à chaque plat.
Arrive par hasard le fameux Licheplat.
On conçoit aisément quelle fût sa colère ;
Le malheureux traiteur crie et se désespère ;
Il appelle , il tempête , il s'arme d'un long fouet:
En se sauvant Bichon renverse tout : brouet,
Hors-d'œuvres et ragoûts , entremets et salade ,
Porcelaine , poissons , tout est en marmelade.
L'on accourt à ce bruit : Messieurs, tout est perdu ,
Dit l'irrité traiteur; oh ! que n'ai-je pendu
Cet insolent Bichon ? Pour moi, daignez apprendre
Qu'il ne me reste plus que de courir me pendre.
Comme un autre Vatel , il se seroit pendu ,
Et le fait est certain , si l'on n'eût accouru.

Ah ! ma Muse , peins-moi la mine dn bon maire ,
A jeun depuis deux jours , et celles du notaire ,
Du juge , des bourgeois , tenant leurs yeux fixés
Sur tant de mets exquis , tant de vases cassés !
Quel spectacle pour eux ! tout est dans les alarmes.
On voit leurs yeux par fois se mouiller de leurs larmes,
Ou leur front se rider , leur mine s'allonger ;
Je crus , en les voyant , la patrie en danger ,
Et mon cœur s'attendrit, quand je vis du notaire
La femme respectable et presque octogénaire,
L'œil tendu sur les mets , et nos quatre bourgeois
De leur langue sucer leurs lèvres et leurs doigts.
Le maire fut le seul qui sourit, sans rien dire.
D'un si triste accident le marquis ne peut rire.

Cependant la marquise étoit venue au bruit,
Et son petit Bichon , tout barbouillé , la suit.
L'époux d'un coup de pied ose frapper la bête ,
La marquise s'emporte et se monte la tête ,
Et bientôt grand combat, si le maire pieux,
Comme un preux chevalier , ne se jette entr'eux
          deux.
Pour le moment il faut bien céder à la force :
L'affaire finira, dit-on , par un divorce.

Cependant le traiteur ramasse avec les doigts
Les débris , dont il fit un bon dîner bourgeois.
Jamais homme de loi n'est un sot en sa cause.
D'un pareil accident aucun de nous n'est cause ,
Dit alors le notaire aux hôtes étonnés ;
Oui, messieurs, vengeons-nous, en mettant sous
          le nez
Cet excellent nectar des bords de la Gironde ;
A ce vin de six ans faisons faire la ronde.

C'est par lui seul, messieurs, que nous oublierons
Ces brochets, ces perdrix, ces dindons, ces pigeons
A nous tous enlevés par la bête maudite.
Tout le monde applaudit et répond à l'invite.
Le conseil fut si bon, et nobles et bourgeois
Le suivirent si bien, que sur quatre au moins trois,
Et joignez-y de plus le gros et vieux notaire,
Sans beaucoup de scrupule encore le bon maire,
Que chacun amplement en perdit la raison,
Fut contraint de passer la nuit en la maison.

Mais bien que le marquis regrettât sa vaisselle,
Si tout eût fini là, ç'eût été bagatelle.
Mais malheureusement Bichon avoit été
Par monsieur *Licheplat* honteusement traité.
C'étoit pour la marquise un de ces traits d'audace
Auquel sa dignité ne pouvoit faire grâce.
Il faut par un procès se venger du traiteur,
Car de tout ce dégât il est le seul auteur.
Monsieur mon cher époux, dit alors la marquise,
C'est à lui de payer, il a fait la sottise.
Le marquis a beau faire, et dire et supplier,
Le malheureux époux est contraint de plier.
Un matin au palais la cédule se donne ;
Avocat pour et contre, un chacun en raisonne.
Suçois pour la marquise emploit tout son talent.
Licheplat prend pour lui l'avocat le Gourmand.
La cause en la grand'chambre est fortement plaidée.
Elle en valoit la peine ; elle est tôt décidée,
Malgré tous les efforts de ces dames de ton,
Qui, comme la marquise, ont aussi leur bichon.
On les voyoit courir pour la bête chérie,
Comme s'il s'agissoit de sauver la patrie.

L'intègre magistrat , ferme comme un rocher,
Par tant de mouvemens ne se laissa toucher :
Tout ce qu'on dit de lui , qui foiblement nous touche ,
C'est qu'on crut voir que l'eau lui venoit à la bouche ,
Au récit qu'on faisoit de ces fameux pâtés
Entassés sur la table , et qui s'étoient gâtés ;
De ce fameux coulis tiré des écrevisses ,
Et noyé avec art dans le jus des saucisses.
Après bien des débats Licheplat fut vainqueur ;
De dépit la marquise en prit un mal de cœur,
Qu'auroit suivi de près une mortelle attaque ,
Sans l'art bien reconnu du docteur saint Symmaque.

CHANT III.

L E S grands événemens entraînent après eux
Souvent des résultats qui sont bien malheureux.
Napoléon marchoit de conquête en conquête ,
Et la fortune alloit peut-être sur sa tête
Placer aveuglément les couronnes du Nord.
Moscou n'existe plus. Ah ! que devient son sort ?
Des bords du Borysthène et des rives de l'Elbe ,
La fortune l'envoie au sein de l'île d'Elbe.
César défait Pompée , et Rome est dans les fers ;
Et l'ame de Caton vole dans les enfers.
Faut-il donc s'étonner , qu'ensuite de la crise
Que venoit d'éprouver le chien de la marquise ,
Il ne soit attaqué de ces maux effrayans
Que le nature procure à quelqu'honnêtes gens.
On dit que chez le sexe ils sont souvent grimaces ;
Qu'il les faut quelquefois pour se donner des grâces.

On imite souvent ceux avec qui l'on vit,
Et malheureusement c'est ce que Bichon fit.
De ce mal dangereux sa maîtresse est atteinte ;
Soit que la maladie ou soit vraie ou soit feinte ,
On vit bientôt Bichon avoir des maux de nerf ,
S'agiter et bailler , regarder de travers ,
Ou japper quelquefois , ou renverser sa tête ,
Ou tortiller la queue en forme de trompette.
La marquise se pâme , et tout dans le logis
Annonce leur douleur par des pleurs et des cris.
L'on appelle aussitôt docteur, apothicaire ;
C'étoit dans le château l'unique et seule affaire.
Arrive le premier , Nigaud pharmacien,
Et qui tout bonnement dit que le mal n'est rien ;
Que quelques lavemens le tireront d'affaire ;
Certes ce n'est pas là compte d'apothicaire.
On chasse le bon homme , il n'est qu'un radoteur.
Presqu'au même moment arrive un grand docteur ;
Docteur de grande ville est de grande importance ;
A sa vue il se fait le plus profond silence.
Il étend ses trois doigts chargés de trois bijoux ,
Sur la patte du chien , pour lui tâter le pouls.
Il incline la tête , et d'un ton fort modeste ,
Il se fait raconter la scène si funeste.
Puis d'un ton décidé : Je vois beaucoup de mal ,
Et je crains pour les jours du petit animal.
Chez lui la peur, dit-il , a fait un grand ravage ,
Et je craindrois pour lui quelques accès de rage.
Quoi ! la rage, grand Dieu ! que vous me faites peur !
Ce seul nom, ce nom seul me remplit de terreur :
La rage en ma maison , dit alors la marquise ;
Se pourroit-il , docteur ? et quelle est ma surprise !

Ah ! mon pauvre Bichon ? Ah ! coquin de traiteur !
De tout cet accident tu fus l'unique auteur.
Et que faire, docteur ? Je brusquerai la cure,
Répond le médecin ; mon art et la nature
Pourront, et je l'espère, obtenir des succès,
Et même de ce mal prévenir les accès.
Il prend un air pensif, comme font tous ces sages :
La peur sur l'animal a fait de grands ravages,
Dit-il, et mis en jeu le systême nerveux :
Le mal peut être long et même dangereux ;
Il s'agit de donner du ton à la nature,
Et l'on peut l'obtenir par bonne nourriture.
Un bon chapon paillé, fourni tous les deux jours,
Peut bien au bout d'un mois en arrêter le cours,
Mais, comme lénitif, bonne eau de fleur-d'orange,
Et qu'une habile main bien savamment mélange,
Avec deux grains de musc et quatre de kinas,
Mais il faut ce dernier du pays des Incas ;
Le tout bien macéré dans de l'eau, mais bien nette,
Servira de boisson à la petite bête.
Vous m'enverrez le soir le petit animal,
Et j'espère à coup sûr le guérir de son mal.
La marquise au docteur donne assez grosse somme ;
L'on porte jusqu'aux cieux les talens de cet homme.
Qui n'est pas charlatan dans ce charmant métier,
Ne fait jamais fortune et se fait renvoyer.
L'on emballe Bichon pour chez notre Esculape.
Il le place en un trou fermé par une trappe ;
Son régime consiste en quatre onces de pain,
Et quatre fois par jour, et le fouet à la main,
On fait courir Bichon et de telle manière,
Qu'il tâche d'éviter quelques coups d'étrivière.

Pourtant tous les deux jours le chapon arrivoit ;
Croqué par le docteur, le Bichon s'en passoit :
Et ce lait excellent et toujours à la crême,
A Bichon prodigué dans le temps du carême,
Le docteur l'échangeoit contre de la bonne eau.
Quel régime, grand Dieu ! de celui du château !
En vivant de la sorte on n'a jamais la rage,
Et même à moins de frais on deviendroit un sage.
Cet habile docteur étoit de Montargis.
La cure fit grand bruit ; le monde en fut surpris.
Les dames à bichon se disoient à l'oreille :
Oui, oui, ma chère : ah ! c'est une merveille.
Les bichons furent tous confiés à ses soins ;
Et le docteur, changeant ses antiques pourpoints,
Sortit avec éclat de la classe commune,
Fit sans beaucoup de peine une grande fortune.
Que de femmes devroient aller à Montargis,
Pour leur propre repos et celui des maris !

     Bichon est de retour, et la joie est complète ;
C'est de l'an tout entier le plus grand jour de fête.
C'est un enfant perdu qu'on vient de retrouver.
On court chez la marquise, et l'en féliciter.
Une dame à bon ton qui, comme la marquise,
De nourrir un bichon fait aussi la sottise,
Arrive aussi. Pour lors les plus affreux combats
Nous avoient enlevé trente mille soldats,
Et nous avions été bien battus à Brienne.
Elle avoit sous son bras une petite chienne.
Sur cet échec affreux ses yeux fondent en pleurs :
Non dans tout l'univers point de plus grands malheurs.
Que Bichon est joli, mon aimable marquise !
Ah ! quel joli collier et couleur de cerise !

Il est vraiment charmant ; que ce collier lui sied !
Bichon est bien portant : quel joli petit pied !
Ensuite elle se livre à sa douleur première.
L'empereur aux Prussiens a montré le derrière....
Votre Bichon m'enchante ; il est vraiment charmant.
Quel beau schal vous avez, et qu'il est élégant !...
Le pauvre Bonaparte est certes bien à plaindre ;
Encore une défaite, et l'on a tout à craindre.
On dit Suchet charmant, Blucher un peu brutal....
Qu'alliez-vous devenir, si ce pauvre animal
De se laisser mourir avoit fait la sottise ?
Vous mourriez de chagrin, convenez-en, marquise.
J'en frémis, quel malheur ! comment s'en consoler ?
Il faut en convenir, que le sexe est léger !
A vingt milles de-là, sur les bords de l'Yonne,
La marquise comptoit une vieille baronne
Au nombre des parens du marquis son époux.
Bichon est le plus cher d'entre tous ses bijoux :
N'en dire mot seroit faute la plus complète.
Au baron Champenois soudain une estafète ;
Et la marquise écrit : Mes aimables barons,
Hâtez-vous de venir ; prenez vos éperons ;
Que le coursier les sente : ou mieux prenez la poste.
Je serai la huitaine à coup sûr à mon poste.
Je viens vous annoncer... Mon unique désir
Est que vous partagiez ma joie et mon plaisir.
Bichon se porte bien, et la patrie est sauve.
On dit, je n'en crois rien, que l'empereur se sauve ;
Vous êtes sur les lieux et plus instruit que moi :
A-t-on déjà chez vous crié : Vive le roi ?
Mais Bichon est guéri : le docteur le plus sage
A sauvé mon bijou, mon Bichon, de la rage.

2

Jugez de ma douleur, si Bichon étoit mort ;
Je ne pouvois plus vivre et supporter mon sort,
J'en aurois à coup sûr bientôt perdu la tête ;
Votre premier baiser est pour la pauvre bête.
Le baron aussitôt met pied à l'étrier ;
Une marche de plus, il crevoit son coursier.
Le bon parent arrive, embrasse sa cousine ;
Auprès du bon marquis ensuite il s'achemine.
Il avoit par malheur améné son barbet,
Et, comme c'est l'usage, après compliment fait,
On parle des malheurs de la petite bête ;
La marquise n'avoit que Bichon dans la tête.
On fait un grand détail de tous les accidens,
Sans faire moindre grâce aux petits incidens.
Ensuite du barbet, c'est une politesse,
On commence à vanter l'air et la gentillesse.
Sa race pourroit bien, disoit le bon baron,
Remonter jusqu'au temps de notre Pharamon :
Même il n'est pas bien sûr : sa généalogie
Pourroit bien s'accrocher au barbet de Tobie.
Vous savez que je suis plus ancien que le roi ;
Eh bien, barbet, dit-on, est plus noble que moi.
Je veux bien qu'en cela on fasse une méprise.
C'est être bien ancien, convenez-en, marquise !
On discouroit encor, quand arrive Bichon,
Qui voit avec mépris le barbet du baron.
Comme un franc allié le bon barbet s'avance.
Le pauvre campagnard ne voit qu'indifférence ;
Il sentit le mépris ; égard pour la maison,
Il calme son courroux, il en aura raison ;
Car sur le point d'honneur, barbet de gentilhomme
Est aussi délicat qu'un sénateur de Rome.

Embrassez-vous , messieurs, leur dit le bon marquis.
Le mauvais petit chien ajoute le mépris
(Tels sont les parvenus) à l'insulte première :
Bichon fait quatre pas , puis montre son derrière.
Comme un nouveau Crillon , le valeureux barbet
Court dessus l'insolent , qui se sauve et se met ,
Comme jadis il fit , encor sous la chemise
Ou sous les cotillons de la sotte marquise.
Rien ne peut arrêter les efforts du barbet ,
Rien n'est sacré pour lui ; mais Bichon disparoît ;
Et la marquise en fut dans un si grand désordre ,
Que cotillon , souliers , chemise et cordon d'ordre
Se trouvèrent , dit-on , déchirés ou rompus.
Muse , dispense-moi de rien dire de plus ;
Sinon que le baron se rendit dans sa terre ,
Suivi de son barbet , pour terminer la guerre ,
Promettant que jamais il viendroit de si loin
Pour rendre sa visite à ce vilain marsouin.

CHANT IV.

PARENS , élevez bien votre fils , votre fille :
L'éducation fait l'honneur de la famille.
Si vous ne pliez l'arbre en ses plus tendres ans ,
Vieux , pour le redresser vous perdrez votre temps.
Bichon en est la preuve , et la folle marquise
Accumule toujours sottise sur sottise.
Le malheureux marquis a beau l'en avertir ,
Jamais à ses conseils il la fait consentir.
Autant vaut arrêter un fleuve dans sa course ,
Plutôt le faire encor remonter à sa source ,
Que de faire changer femmes dont les maris
Leur ont laissé par fois prendre de mauvais plis.

Plus qu'en âge Bichon grandissoit en malice ;
Il sortoit sans rien dire , et prenoit dans l'office
De quoi faire bombance et le porter ailleurs ,
Choisissoit les bons mets et toujours les meilleurs.
Quelqu'homme charitable avertit la marquise ;
Mais tous les bons avis la sotte les méprise.
Toujours elle s'abuse : enfin un beau matin ,
Avant le point du jour , le petit libertin ,
Dans sa tête avoit mis d'un peu courir le monde ;
Il prend ses affiquets et va faire sa ronde.
Il entre en certains lieux de très-mauvais renom ;
Il croit tout applanir , il compte sur son nom ,
Il sautille , il aboie , il veut tout se permettre ;
Comme chez la marquise il se croyoit le maître.
Enfin Bichon faisoit comme ces jeunes gens ,
Qui tranchant , taillant tout , font si bien les fendans ,
Qu'on les prend , à les voir , pour autant d'Alexandre ,
Pour autant d'Arouet , si on veut les entendre ,
Et qui , s'il faut se battre , ont des ailes aux pieds ,
Et s'il faut raisonner , ont mal à leurs gosiers.
Et tel étoit Bichon. Tout fier de son allure
Un gros chien de boucher de ses yeux le mesure :
Il eût d'un coup de dent dévoré le Bichon ;
Lecteur , veux-tu savoir quelle fut la leçon ?
Tranquillement sur lui levant sa grosse cuisse ,
Le dogue du boucher sur le fanfaron pisse.
Un Bichon de marquis de la sorte insulté ,
Par un chien de boucher se trouve ainsi traité !
Un aussi grand mépris restera sans vengeance ;
On ne s'égorge pas pour pareille insolence.
Oh ! qu'est donc devenu l'honneur du nom français ?
Bichon n'est pas heureux dans ses premiers essais.

Confus, baissant la tête, il se retire en lâche ;
Par nombre de détours il se glisse, il se cache ;
Il voudroit au logis rentrer sans être vu.
Le vigilant portier l'a bientôt aperçu :
Par un coup de sifflet annonce qu'il arrive.
Tout le monde est sur pied, tant la joie étoit vive.
Mais lorsqu'on l'aperçoit effrontément croté,
Que l'on voit son collier entièrement gâté,
Pour la première fois enfin notre marquise
Reconnoît que Bichon a fait une sottise ;
Et se doutant un peu de ce qu'est le délit,
On condamne Bichon à demeurer au lit.
Il ne sortira plus, foi d'honnête marquise,
Même lorsqu'elle ira prier Dieu dans l'église.
Le serment étoit fait, il falloit le tenir.
Le pasteur se pressa de faire prévenir
Qué le mardi suivant, c'est le jour qu'il indique,
Après un grand office, il fera l'historique
Des vertus de Louis et de ses longs malheurs.
Tout le monde sanglotte et se baigne de pleurs,
A l'onction que met le vénérable apôtre.
La marquise pleuroit tout aussi bien qu'une autre.
Mais Bichon qui jamais n'avoit vu le pasteur
Elevé dans la chaire au milieu du grand chœur,
Vêtu d'un surplis blanc, un bonnet sur la tête ;
Cette fois je l'excuse, hélas ! la pauvre bête
Etoit entrée au chœur pour la première fois,
Et du zélé pasteur méconnoissoit la voix.
Bichon jappe. Paix donc, dit alors sa maîtresse ;
Bichon jappe plus fort, et plus on le caresse,
Plus on le fait japper, en dépit du pasteur,
Qui, comme il le devoit, crioit du haut du chœur,

Que ce petit Bichon soit mis hors de l'église !
De la sorte offenser madame la marquise,
Est un de ces délits sans espoir de pardon ;
Mieux valoit l'offenser que d'offenser Bichon ;
La marquise en aura certainement vengeance,
Dut-on bouleverser et l'Eglise et la France ?

Le marquis cependant entendit mieux raison.
Le curé ne fut plus si bien dans la maison :
Brouillerie au château. Madame la marquise,
Vous irez donc toujours de sottise en sottise,
Lui dit son cher époux ; il avoit bien raison :
Il faut absolument chasser de la maison
Ce malotru vaurien qui brouille le ménage.
Les valets nous ont dit qu'il fît un grand tapage.
La marquise pleura, cria, gronda, bouda,
Prit mal au cœur ; enfin le tout s'accommoda.
Mais l'insolent Bichon ne changea pas de place :
N'est-on pas le plus fort, il faut rendre la place.
Le bon époux céda, tant d'autres céderont ;
Sans être bien plus grecs, sagement ils feront.
Quand on a le malheur d'avoir méchante femme,
La patience seule est un remède à l'ame.
Socrate le savoit, et bien plus grec que nous,
Epoux le plus à plaindre, il étoit le plus doux.
Faisons tout comme lui, soyons tout aussi sages,
Si nous voulons avoir la paix dans nos ménages.

Bichon étoit toujours un libertin parfait ;
On l'avoit très-souvent attrapé sur le fait.
Il étoit donc prudent de marier la bête ;
La marquise en avoit le projet dans la tête.
On se donne des soins, mais partout refusé,
Bichon de grands écarts se trouvoit accusé.

On fit pourtant si bien, pour plaire à sa maîtresse,
Quand on est important pour vous l'on s'intéresse,
Qu'on découvre en un coin une jolie Agnès :
Elle descend, dit-on, des bichons de préfets.

Cependant des méchans ne cessent de lui dire,
Qu'elle ne peut choisir un époux qui soit pire :
Que c'est un libertin, qu'il a fait les cent coups ;
Mais quand le sexe a mis dans sa tête un époux,
Avant de l'empêcher de finir cette affaire,
J'aimerois cent fois mieux forcer un âne à braire,
A garder le silence une femme d'esprit,
Forcer un prêtre grec à croire au Saint-Esprit,
Faire couleur de rose avec bois de campêche,
Empêcher de bailler lorsque Bénévent prêche.

Heureusement pour elle, un vigoureux rival
Devoit la disputer au petit animal.
C'est un chien de bourgeois, de belle et grande force,
Depuis huit ans en France amené de la Corse.
Il guête le moment de l'heureux rendez-vous,
Qui devoit pour jamais unir les deux époux.
Le maître du barbet, homme très-débonnaire,
Se doutoit nullement de toute cette affaire.
Ainsi que les voisins, il se rend au château ;
Il avoit endossé son pourpoint le plus beau,
Au seigneur de l'endroit pour faire sa visite.
Son chien qui conjuroit s'étoit mis à sa suite ;
Ils entrent tous les deux dans cet appartement,
Où l'on alloit passer le doux engagement.
Bichon étoit galant, mais galant malhonnête ;
En voyant le gros chien il détourne la tête.
Rosbeuf, car c'est le nom du chien du gros bourgeois,
S'approche de Bichon, le regarde trois fois ;

Toujours le sot Bichon détourne encor la tête.
Musc, raconte-moi la terrible tempête
Qui pour lors s'éleva dans tout le grand salon;
On fit bien moins de bruit au siége de Lyon.
L'Achille chien s'élance et met Bichon en fuite;
Le valeureux Rosbeuf se met à sa poursuite:
Tout le monde s'enfuit, craignant pour ses mollets.
C'est un tapage affreux: on s'arme de balais.
En vain le gros bourgeois emploie toute sa force,
Il ne peut arrêter son vindicatif Corse,
Il a perdu sur lui toute l'autorité:
Il tombe sur son dos, et l'on voit d'un côté
Rouler son grand chapeau, suivi de sa perruque;
Le notaire, en fuyant, se fait mal à la nuque;
Les meubles en débris volent de tous côtés;
Tabourets et miroirs sont aussi maltraités.
La marquise, qui court se cacher dans l'office,
Se meurtrit, en tombant, tout le haut de la cuisse.
Ici le mal fut grand: elle entraîne, en tombant,
Fayence, porcelaine, et vaisselle d'argent.
Agnès prend mal au cœur; mal au cœur de femelle
Fut, m'a-t-on dit, toujours traité de bagatelle;
Le notaire, en fuyant, enfourche l'animal;
Quoique fripon, il eut plus de peur que de mal.
Jusqu'au bout du salon le gros chien le transporte;
Il croit tout bonnement que le diable l'emporte.
Pour s'en débarrasser, on le voit par trois fois
Faire de bon courage un grand signe de croix.
Bichon mourut de peur. Sa mort fit beaucoup rire.
Dans huit jours, de chagrin notre marquise expire.
Le notaire en devint tant soit peu moins larron.
Souvent à quelque chose un malheur devient bon.

Le marquis de tout ça bien vîte se console ;
On est tôt consolé, je crois, de femme folle.
De la mort de Bichon les dames de l'endroit
Prirent pendant huit jours le deuil, à ce qu'on croit.
Le pasteur, en chantant, enterra la marquise.

Concluons de tout ça que c'est grande sottise
D'épouser une femme avec de pareils goûts.
Mais quand le pas est fait, que faire ! et c'est à vous,
Jeunes gens, écoutez, que la leçon s'adresse ;
Soyez bien complaisans, mais toujours sans foiblesse:
Un vieux proverbe dit, il n'est pas sans bon sens,
Et je le tiens de plus de nos bons vieux parens :
Avant que d'épouser, choisissez la famille ;
De mère vertueuse attachez-vous la fille.

DESCRIPTION

D'UN BAL D'UNE VILLE DE CAMPAGNE.

EH sandis cadédis * jamais je n'aurois cru,
Si de mes propres yeux je ne l'eusse aperçu,
Combien est insensé celui qui cherche à plaire.
Il se trompe, il feroit souvent mieux de se taire :
Je vais même plus loin ; et sandis cadédis,
Je ne me trompe pas, que de bals à Paris
Que l'on peut comparer à ce bal de campagne !
Ah ! tout passe ici-bas, même aux châteaux d'Espagne.
Des fêtes de ces lieux faut-il gémir ou rire ?
Dit un Gascon plaisant qui voudroit en médire ;
N'en disons point de mal, plutôt beaucoup de bien,
Lui réponds-je aussitôt ; mais soudain le vaurien,

* C'est l'expression du Gascon.

Malgré tous mes efforts, part d'un éclat de rire,
Et prenant son crayon, il se presse d'écrire.
Muse, entonnez, dit-il. Le sirop à bouillons
S'échappe hors du cristal, tache deux cotillons;
En six cercles au moins l'orange partagée
Renaît sous le couteau, sitôt qu'elle est mangée.
Un pourpoint rouge et jaune, et rongé par les bouts,
Doré sur tous les bords, sert d'uniforme à tous.
La noblesse en un coin, et fuyant la roture,
Donne à tous les danseurs le ton et la mesure.
Sous trois gradins pourris, qui grondent sous les
    pieds,
Un vieux tapis crasseux, troué quarante fois,
Illustres heureux fruits d'une trop longue guerre,
S'étend avec mollesse et tombe jusqu'à terre.
De vieux vaillans héros, couronnés de lauriers,
Armés de pied en cap, ornés de leurs cimiers,
Composent tout le fond de la tapisserie;
Là, ce sont des héros de la chevalerie,
Qui vont pour deux beaux yeux affronter le trépas;
Mais trente vers rongeurs leur ont mangé les bras.
Ici Sancho Pança vole sur son ânesse,
Et passeroit bientôt de course et de vîtesse
Le héros Don Quichotte et son cheval fameux,
Si, de pères en fils, nombre de vers teigneux
N'eussent long-temps rongé, toujours avec adresse,
De l'âne de Sancho la moitié d'une fesse.
Alexandre est plus bas, qui poignarde Clitus.
Tous les deux sont rongés; on ne voit que les culs.
Ici César est borgne, et là, Sylla sans bouche,
Et plus bas sans menton Pompée à l'air farouche.
Dans un pan vis-à-vis Ulysse, Ménélas,
S'aperçoivent sans nez, sans mentons et sans bras.
Enfin, pour terminer, une grosse cheville,
Pour soutenir un pan, traverse l'œil d'Achille.
    Voilà les Gobelins qui parent le salon.
A présent des acteurs parlons d'un autre ton.
Bannissons loin de nous la méchante satire,
Ajoute le Gascon : il se presse de dire,
Que là, le gros Lucas, l'exemple des maris,
Comme on n'en trouve point du Tage au Tanaïs,
Supporte d'un côté la froide cheminée

Où deux bûches en croix font là force fumée :
Vis-à-vis un manchon de marte ou de putois,
Acheté par Lison, se foule dans ses doigts.
Là, la belle au teint rose, ou de plâtre, ou de cire,
Rit des empressemens que sa figure inspire.
Son mari dans un coin admire sa beauté,
Et son joli minois flatte sa vanité.
Mais gare, ajoute-t-il, ces airs et ces manières
Attirent aux époux souvent les étrivières ;
D'avoir femme jolie il en coûte aux époux,
Dit toujours le Gascon, et vous m'entendez tous.
  A la triste lueur de cinq ou six chandelles,
A peine aperçoit-on danser trente femelles ;
Deux méchans violons, soutenus d'un hautbois,
Jurent sous deux archets le même air trente fois ;
Chaque danseur a droit de forcer la nature,
Pour arriver à temps de forcer la mesure.
Là, la bonne Toinon, par des airs grimaciers,
Attire les regards de deux gros épiciers,
Paroît un peu sensible à leurs tendres caresses,
Et fait, en sautillant, trembler ses grosses fesses.
Plus loin le maigre Adam, d'une mourante voix,
Enseigne un air plaintif qu'il répète dix fois,
Ecorchant le tympan de cette république.
Plus bas, le bon Joseph danse en paralytique.
Dans un autre carré, Lisette, par trois fois,
Se plaint avec raison qu'on lui casse les doigts ;
Et plus loin Jeanneton, voulant pleurer ou rire,
Entend avec chagrin sa robe qu'on déchire.
Ici de gros souliers, battant des entrechats,
Font crier, en tombant, le frêle tafetas :
Si par hasard enfin, surprenante merveille !
A neuf heures trois quarts l'on fait à chaque oreille
Souffler adroitement, qu'un souper préparé
Dans un petit instant doive être dévoré,
Je vois alors paroître, et j'ose bien le dire,
D'un air majestueux et sans jamais sourire,
Je vois venir de loin quinze ou vingt gros papas ;
Oh ! que ces gros messieurs sont bien nourris et gras !
Présenter humblement le bras à chaque belle.
Je vois ces gros donjons, en redoublant de zèle,
Entrer dans un salon, où, pour faire deux pas,

On se heurte, on se choque, où l'on se rompt les bras.
    Sur une table immense et maigrement servie,
Le brochet demi-cuit nage dans l'eau-de-vie;
Le poulet, en chapon foiblement habillé,
Se transforme sans crainte en un chapon paillé.
Le mouton du chevreuil emprunte la tournure,
Le premier coup de dent dévoile l'imposture.
La chèvre vis-à-vis se surnomme mouton,
Et le veau mariné prend la forme du thon.
Le vin de St.-Rambert s'y baptise Bourgogne,
Et quoique tout le monde y fasse bien la trogne,
On l'avale pourtant, en détournant les yeux,
Et chacun applaudit à ce nectar des dieux.
    Le repas achevé, même cérémonie;
On retourne à la danse: ah! la charmante vie!
Les violons sont souls, les hautbois enrhumés,
L'on n'entend plus alors que des airs écorchés:
Gorgé jusqu'au gosier de vin, de nourriture,
Je vois l'acteur sauter et fausser la mesure.
Si minuit par bonheur n'avoit enfin sonné,
Achève le Gascon, je n'aurois terminé
Le récit qu'à regret je venois d'entreprendre,
Et je ne savois plus, certes, comment m'y prendre;
Et par bonheur pour moi, chacun gagne ses toits,
Espérant que la fête arrive une autre fois.

FIN.

De l'Imprimerie de L. Bocet, rue St.-Dominique.